머물지 않는 생각

이수현 시집

도서출판 곰단지

첫 장을 열며

~~~~~~~~~~~~~~~~~~

똑닥똑닥 시계가 흐르는 중
째깍째깍 시계가 흐르는 중
시계에 돌을 던진다

똑닥똑닥 시계 흐르는 소리
째깍재깍 시계 흐르는 소리
모두 어디가고 시간이 가지 않는다

분명히 시간은 가지만
여기서는 가지 않는다

시계가 흐르지 않는다
시간은 멈추어 앞으로도 뒤로도
흐르지 않는다

-시계가 흐르지 않는다 중에서 이수현

1장

2장

제 1 장

창밖의 숲을 보면
창밖의 숲을
바라볼 수 있게 되면

비로소 나를 볼 수 있게 된다.

연극

인생은 그저 연극이다
인생이란 연극의 각본에
쓰여 진 대로 살아간다
직업이란 배역을 받고
연극을 한다.

지구라는 극장 안에
나라라는 무대 위에서
연극을 한다.

자연이라는 무대 세트를 이용해서
연극을 한다.

검은 달

검은 달이 뜨는 날은
세상천지가 어두워진다
검은 달이 뜨는 날은
사람들이 많은 전구와
전등을 켠다
검은 달이 뜨면
전등을 켜지 마라
전등 빛 때문에
달빛 없이 빛나는
멋진 별들을
볼 수 없으니까.

달 같은 사람

태양 같은 사람은
좋은 사람이 될 수 없다
자신 혼자만 열을 과하게 내어
다른 사람에게
피해를 주기 때문이다.

지구 같은 사람은
좋은 사람이 될 수 없다
태양이나 달과 같이
도와주는 사람이 없으면
할 수 있는 게 없기 때문이다.

별 같은 사람은
좋은 사람이 될 수 없다
멀리서 반짝이기만 하고
남에게 도움을 주는 게 없기 때문이다.

달 같은 사람이 좋은 사람이다
지구 같은 사람을
따라다니며 도와주고
밤같이 어둡고 힘들 때
빛을 반사시켜 주어서
지구를 밝게 해주기 때문이다.

커튼을 치는 이유

사람들이 커튼을 치는 이유는
자신이 편하기 위해서가 아니다
커튼을 치는 이유는
빛을 막고 어둠을 보여주기 위해서이다
하지만, 빛은
항상 커튼 사이로 들어와
어둠을 몰아낸다
결국, 빛이 어둠을 몰아냄으로
처음부터 커튼을 쳐서
소멸될 어둠을 만드는 것보다
처음부터 빛만 받고 당당하게 살자.

인연

나는 나에게 간 후

너에게 간다

너는 너에게 간 후

나에게 온다

너는 너에게 간다

나는 나에게 간다

언젠가

어디선가

너와 나는 만나게 될 것이다

그것의 이유는

너와 나의 인연이

너와 나를 묶어 놓기 때문일 것이다.

산, 바다

산은 우리가 있어달라고 해서
그 자리에 있는 게 아니다
다만 태초부터
그 자리에 있었을 뿐이다.

바다는 자신이 짜고 싶어서 짠 게 아니다
다만 태초부터 염분이 있었을 뿐

산과 바다는 우리가 있으라고 해서
있지 않는다.

다만 자신들의 운명을 받아들이고
그 역할을 수행할 뿐
그 이상, 그 이하도 아니다.

너, 너

너는 나를 화나게 해
너는 나를 짜증나게 해
너는 나를 괴롭혀
너는 나를 우울하게 해

그냥 너, 너라서

너는 나를 기쁘게 해
너는 나를 재미있게 해
너는 나를 설레게 해
너는 나를 신나게 해

그냥 너, 너라서

창밖의 숲

창밖의 숲을 보면
나가고 싶다.

나가라

창밖의 숲을 보고 있으면
음악이 듣고 싶다.

들어라

창밖의 숲을 보면
창밖의 숲을
바라볼 수 있게 되면

비로소 나를 볼 수 있게 된다.

하늘바다

하늘바다 위에
구름배가 떠다니고

구름배 위에
새가 살고

더 위쪽에는
달과 별과 해가 산다

이 모든 걸 감싸주는
은하수 집

이 안에서 모든 삶을 누린다.

한 그루

봄에 핀 분홍빛
다 어디 가고

초록빛만 남아
우리를 비춘다.

다만 한 그루
분홍빛이 남아

우리 마음에
특별하게 남는다.

여행

하늘을 올려다보며
땅을 밟으며

공기를 느끼며
매연에서 벗어나고

빌딩 숲 대신
진짜 숲이 존재하고

사람끼리의 정이
두터워지는 여행

그 여행을 떠나고 싶다.

하늘

화를 낸 뒤의 하늘은
평소보다 어두워 보였다
어둡게 보이며 주변의 빛을
빨아들이는 듯했다.

눈물을 흘린 뒤의 하늘은
더 파랗게, 파랗게
내가 볼 수 없을 때까지
파랗게, 파랗게

좌절할 때의 하늘은
나를 짓누르는 듯 하다
내가 세상을 볼 수 없을 때까지
짓누르는 듯하다.

이별 후 하늘은
가장 빛나 보이며
나에게 아직 많은 것들이 있다는 것을
알려주는 듯하다.

하늘을 보며 감정을 느낄 때
비로소 나는
감정을 느낄 줄 아는 사람이다.

벚꽃구름

벚꽃구름을 만지면
기분 좋은 실크느낌이 나고

벚꽃구름위에 누우면
솜 위에 올라 있는 듯하다.

벚꽃구름 밑에 있으면
향기 좋은 향수가 뿌려지고

벚꽃구름에서 비가 내리면
우리의 마음은 분홍으로 젖는다.

벚꽃구름에서 내린 비는
내년에 생길 구름의 양분으로
자신을 희생한다.

에메랄드

나의 숲인 에메랄드

나의 숲
안을 들여다보자
숲 밖이 보이고

숲을 하나로
여러 개의 숲을 만들어 낸다

또한,
숲을 지니고 다니며
숲을 나의 마음대로
모양을 만들 수 있다

언젠가 내가 그 숲에서
노닐 수 있기를

어느 초저녁

해와 달이 동시에 뜨면서
별이 점차 보이게 되는
어느 초저녁

하얀 구름이
블루사파이어처럼 변하는
어느 초저녁

지저귀는 새들이
둥지로 들어가는
어느 초저녁

가로등에 하나둘
불이 들어오기 시작하는
어느 초저녁

그 초저녁에 머물고 싶다.

동백꽃

가자, 가자, 가자
산으로 가자
눈이 흘린 피를 보러
산으로 가자
눈 오는 날에 핀
동백꽃은 눈이 흘린
핏방울

가자, 가자, 가자
산으로 가자
눈이 흘린 피를 보러
산으로 가자

(윤동주님의 밧딧불을 모작한 시)

제 2 장

이제 그만 연극을
멈추어도 될 것 같다
연극 외에도 세상에는
할 게 많기 때문이다

의미부여

자유의 여신상은
그저 쇳덩이일 뿐
의미를 부여했기 때문에 특별한 것이다.

히말라야는 그저
높은 산일뿐
의미를 부여했기 때문에 특별한 것이다.

성화는 그저 불일 뿐
의미를 부여했기 때문에 특별한 것이다.

국기는 그저 깃발일 뿐
의미를 부여했기 때문에 특별한 것이다.

이 세상 모든 것에
의미를 부여해보라
모든 것이 특별해질 것이다.

화살이 겨누는 곳

화살이 겨누는 곳은
활의 시위에 의해 결정된다.

내가 활과 화살을 겨누고 있어도
시위가 잘못되면
그곳으로 날아가지 않는다.

똑같은 화살이어도
시위가 겨누는 방향에 의해
날아간다.

사람도 마찬가지로
어느 시위에 올라가 있느냐가 중요하다
사람을 시위 위에 올려놓을 때에는
그 시위가
나에게 올려 져 있는지 확인하자.

검이 가장 무서울 때

검이 가장 무서울 때는
검이 뽑혀 있을 때가 아니다
검이 뽑혀 있을 때에는
언제 어디로 올지 알 수 있기 때문에
무섭지 않다.

검이 가장 무서울 때는
검이 남에게 있을 때가 아니다
검이 남에게 있을 때는
들고 있는 사람을 피하면 되기 때문에
무섭지 않다.

검이 가장 무서울 때는
검이 나에게 있을 때가 아니다
내가 그 검을 뽑지 않으면
남이나 나에게 위협이 되지 않기 때문이다.

검이 가장 무서울 때에는
검이 검집 속에 있을 때이다.
검이 검집에 들어가 있으면
언제 어디로 검이 나올지 모르기 때문이다.

샤프심

샤프심은 계속 부러진다
샤프심은 계속 부러진다

샤프심은 자신의 마음대로
부러지지 않게 할 수 없다

샤프심이 자신의 마음대로
부러지게 할 수 있어도
부러지는 것을 막을 순 없다

내가 샤프심을
무언가로 감싸봐도
외부의 충격으로 인해 부러지기 마련이다

샤프심이 부러져도 가만히 두자

만약 샤프심이 다 닳으면
갈아 끼우면 되니까.

풍향계

자신이 갈 방향을
잡지 못하고

주위 사람들
바람에 휩쓸려
자신이 가고 싶은
방향으로 가지 못하고

바람이 이쪽으로 불어도
손으로 잡고 돌리면
줏대 없이 돌아간다.

비로소 주위 사람과
바람이 없어져야
제갈 길 간다.

승자가 한 명인 이유

승자가 한 명인 이유는

개개인의 역량의 차이 때문이다

승자가 한 명인 이유는

가장 뛰어난 사람이 있기 때문이다

승자가 한 명인 이유는

가르치는 사람이 다르기 때문이다

승자가 한 명인 이유는

각자 잘하는 게 다르기 때문이다

승자가 한 명인 이유는

자신을 승자가 더 잘 알기 때문이다

승자가 있는 이유는

승자가 있는 이유는

세상이 패자를 싫어하기 때문이다

패자가 많은 이유는

세상이 승자를 단 한 명만

인정하기 때문이다.

우리 모두 승자이다.

다만, 세상이 인정하지 않을 뿐.

이 빠진 검

검의 이빨이 나가면
검은 쓸 수 없다.

검의 이가 빠지면
베는 용도로 사용할 수 없어도
밭을 갈거나
고기를 다질 때 쓸 수 있다.

검의 원래 용도는
베는 용도이지만
얼마든지 다른 용도로
쓸 수 있다.

하지만 언젠가
이 빠진 검을 갈아서
원래 목적으로 쓰게 될 것이다.

쇠사슬

쇠사슬이
절그럭 절그럭 거리며 따라와도

쇠사슬이 나를 꽁꽁 묶어
움직이지 못하게 해도

쇠사슬이 문을 잠가 놓아서
내가 들어갈 수 없게 해도

쇠사슬을 원망할 수는 없다
사슬을 채운 사람을 원망할 뿐

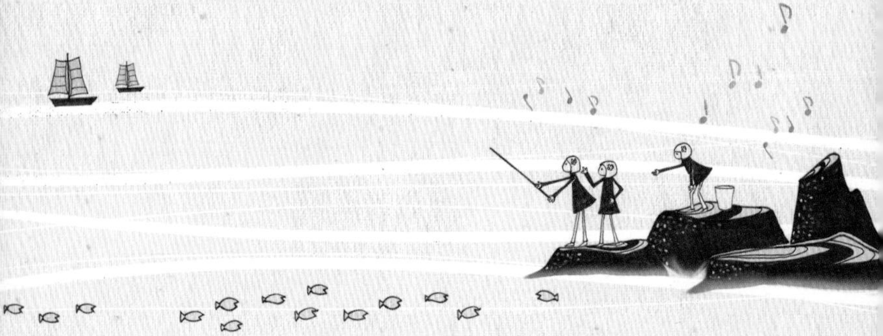

돌의 노래

돌의 노래가 들려올 때
비로소 땅이 보이고
하늘이 보이기 시작한다.

돌의 노래가 들려올 때
비로소 땅을 이해하고
하늘을 이해한다.

돌의 노래가 들려올 때
비로소 어른이 된 것이다.

민트잎

민트잎 한 장으로
물의 향을 바꾸고

민트잎 한 장으로
방안의 향기를 바꾼다.

민트잎 같은
사람 한 명이
우리 사회를 바꾼다.

인생

이제 그만 연극을
멈추어도 될 것 같다
연극 외에도 세상에는
할 게 많기 때문이다

멈추고 싶을 때

우리가 달릴 때
우리는 멈추고 싶지만

내가 허락하지 않아서
네가 허락하지 않아서
세상이 허락하지 않아서

내가 멈출 준비가 안돼서
네가 멈출 준비가 안돼서
세상이 멈출 준비가 안돼서

못 멈춰도 괜찮아

뛸수록 난 강해질 거고
이 정돈 견딜 수 있으니까

영원한 달리기는 없으니까.

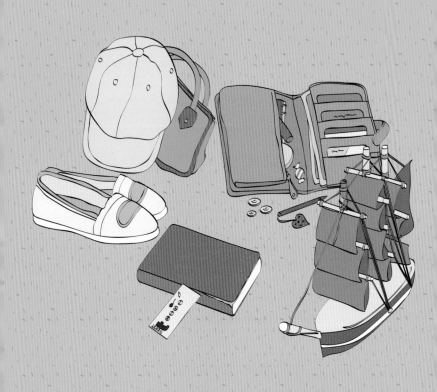

주머니

물건과 나를 함께 있게 해준다

주머니를
주머니 이상의 주머니로 쓰려면
주머니 안에 시간 사랑 생명을 담자

시간을 떠올릴만한 물건을 넣으면
시간이 너와 함께 있을 것이다.

사랑을 느낄만한 물건을 넣으면
사랑이 네 주변에 머무를 것이다.

생명을 가질만한 물건을 가지고 있으면
생명이 너를 보호할 것이다.

꼭
시간 사랑 생명이 아니어도
행운 명예 빚도 담아보자

또 다른 일이 생길 것이다.

같은 밤

이 밤과
저 밤은
무엇이 다르기에

한쪽에서는
땅의 빛이 하늘을 덮고

다른 쪽에서는
하늘의 빛이 땅을 덮을까

분명 같은 시간에 찾아온 밤이지만

한쪽은
땅에서 하늘로 올라가려는 빛이고
한쪽은
먼저 하늘로 올라가
땅을 내려다보는 빛이다.

둘 다
분명 같은 밤이지만
서로의 목적이 다를 뿐이다.

겨울의 단두대

동백꽃이
동강 동강 떨어진다.

동백꽃이
하나 하나 떨어질 때마다

겨울이
하나씩, 하나씩 떨어진다.

겨울이
하나씩 하나씩 떨어진 곳에서

하나의 봄이 생겨났다.

내 집

집에 있어도
있는 것 같지 않고

집에 있어도
편하지 않다.

그러다 문득 드는 생각

이 집이 우리 집이 아니구나.

해로운 것

독버섯은 먹지 못하니
해로운 것

외래종은 생물에게 피해를 주니까
해로운 것

동물들은 우리를 다치게 하니까
해로운 것

사람은 먹지 못하니까
해로운 것

사람은 생물들에게 피해를 주니까
해로운 것

사람은 우리를 다치게 하니까
해로운 것

녹아버린 아이스크림

녹아버린 아이스크림은
미처 먹기도전에 내손에서 빠져나와
내손을 피해 아주 가버린다
마지막까지 잡으려고 하지만 내손은 있으나 마나

마지막 남은 몇방울을 핥아본다
남은 몇방울은 다른모든 아이스크림에 되어
마지막까지 잡으려했음을

이정도라도 잡았다고
다는 아니지만 잡았다고
다 잡지않아도 다 잡은거라고
어떻게든 잡았으니 된거라고

15살의 사랑

우리도 보기만 해도 좋고
같이 있기만 해도 좋다

7주야만에 마음이 변하는
나에게한 모든 행동이 장난인
진심없이 막연한 것이
그런것들을 사랑이라 하면
사랑일까

난 싫은데 너만 좋은건
넌 싫은데 나만 좋은건
우린 싫은데 너희만 좋은건
너희는 싫은데 우리만 좋은건
사랑일까

변하기만 하는 사랑이
일반적인 사랑이
사랑일까

시계가 흐르지 않는다

똑닥똑닥 시계가 흐르는 중
째깍째깍 시계가 흐르는 중
시계에 돌을 던진다

똑닥똑닥 시계 흐르는 소리
째깍재깍 시계 흐르는 소리
모두 어디가고 시간이 가지 않는다

분명히 시간은 가지만
여기서는 가지 않는다

시계가 흐르지 않는다
시간은 멈추어 앞으로도 뒤로도
흐르지 않는다

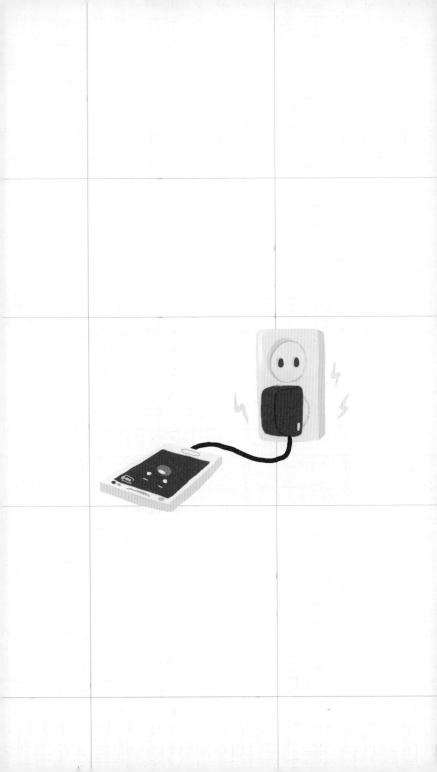

충전할때는 건드리지 마세요

집에 돌아와
충전기를 꽂고 충전을 한다

충전 중인데도 나름 놓지 않고
계속 쓰려는 사람

충전 중인데도 무엇인가 계속
물어보는 사람

충전중인데도
배터리가 다됐는데도
충전을 못하게 하는사람

집에 돌아와도
충전기를 꽂지 못하고 충전도 못한다

숲

나무가 말한다

한그루에는
같이 있지 못함에 대한 미련

두 그루에는
서로 양분을 뺏긴 것에 대한 후회

세 그루에는
자신보다 나은 것에 대한 질투

숲에는
서로가 서로를 없애려는 욕심이 있다고

숲이 말한다

나무 한그루에는
누군가 곁에 있어 줄 수 있다는 희망

나무 두 그루에는
혼자가 아닌 것에 대한 용기

나무 세 그루에는
앞으로도 계속 할 수 있다는 격려

숲에는
서로가 서로에게 해주는 위로가 있다고

그때도

국가를 떠나야 편안한 우리는
언제쯤 국가 안에서 편안할까요

사회를 떠나야 남을 도울 수 있는 우리는
언제쯤 사회를 도울 수 있을까요

집을 떠나야 쉴 수 있는 우리는
언제쯤 집에서 쉴 수 있을까요

세월이 빗방울 떨어지듯 떨어진 뒤
그때는 되나요

쓰지 못할 나무 조각

나무를 한 조각 한 조각 끼워 맞춰
한 그루의 나무를 만든다
남은 나무 조각은 나무가 더 높이
쌓이도록 해 주지만
나무가 무너져 내리면 남은 조각들은
어디로 가나요

사라지다

내 몸에 걸치고 있던 옷들이 모두 없어진 듯
내 주변에 있던 모든 공기가 없어진 듯
매우 자연스런것 들이 부자연스럽게 변하여
내가 알던 모든 게 없어진 듯

밖으로 나올 수 없어
숨 쉴 수 없어
머리가 아파

시의 꽃, 사람 꽃

신옥철 ┃ 시인 · 경기대문창과 교수

시 한 묶음을 받았다. 시간을 두고 음미 할수록 더 좋은 향기가 나는 시 꽃 다발이었다. 이 시들은 전혀 꾸밈이 없는 자연의 모습 그대로이다. 그 어떤 손길도 닿지 않은 시 본래의 모습 한 다발...

오늘 내가 받은 시는 누군가에 의해 심어진 꽃밭의 꽃처럼 색상과 모양에 따라 배열되지 않았으며, 화분에 심어진 분재처럼 가위질 당한 적 없이 시 고유의 역할인 마음만을 오롯이 담아내어 순수가 무엇인지를 보여주는 그런 시였다.

시를 읽으며 이 소년시인은 '정말 시가 쓰고 싶어 쓰는구나, 시를 통해 세상과 소통하며 곱게 피어나고 있구나.'하는 것을 느꼈다. 어떤 강요에 의해서 가령, 과제를 해결하기 위해서라거나 누군가에게 보이고 싶어 쓰는 것이 아니라 스스로 쓰고 싶어 쓰는 시임이 확실하다는 것을 알 수 있었기 때문이다. 왜냐하면 시에 나타나는 날 것, 그대로의 용어와 문장이 말해주고 있었으니까...

독버섯은 먹지 못하니
해로운 것

외래종은 생물에게 피해를 주니까
해로운 것
(......)

「해로운 것」에서

만약 이 학생이 전문가로부터 공부했다면 일상의 이야기를 담는 일기문 같은 이런 표현이 매 시마다 담겨있지는 않았을 것이다. 그렇다고 하여 이 학생이 산문의 문장으로만 시를 쓰는 것은 아니다. 애써 멋진 표현을 찾으려 하지 않으면서 자연스럽게 시로 승화되는 요소를 각각의 시에서 갖추고 있다.

승자가 한 명인 이유는
개개인의 역량의 차이 때문이다.
(......)

승자가 한 명인 이유는
각자 잘하는 게 다르기 때문이다.
(......)

승자가 있는 이유는
세상이 패자를 싫어하기 때문이다.

패자가 많은 이유는
세상이 승자를 단 한 명만
인정하기 때문이다.
(......)

「승자가 한 명인 이유」에서

일상의 언어 그대로 시를 쓰는 이들 시에는 세상을 읽어내는 요소가 있고, 그 걸 말하고 싶어 시를 쓰고 있다는 것을 알 수 있다. 수많은 어른 시인들이 시에 담고 싶어 하는 내용을 담아내고 있는 것이다. 즉 이 학생은 자신이 보아낸 세상을 시를 통해 말하기 위해 시를 쓰고 있는 것이다.

청소년기에 있는 학생에게 이는 참 바람직한 일이 아닐 수 없다. 이 소년 시인이 성인이라면 이러한 시도는 특별할 것이 없다. 그러나 아직 어린 중학생이 자신의 생각을 시를 통해 전한 다는 것, 그것은 계획과 의도에서 이루어 질 수 있는 일이 아니기 때문이다. 앞서 말했듯 이 학생에게 시 쓰기는 자연의 현상이듯 자연스럽게 이루어지는 일이다. 그래서 수많은 문학 지망생들처럼 시도하다 그치고 마는 것이 아니라 오래도록 시를 쓸 수 있었고 많은 시가 모아져 꽃다발처럼 엮어질 수 있었던 것이다.

시에 대해 전문적인 수업을 받지 않았으면서도 이렇듯 운율과 행과 연을 이루어 내는 것을 보면서 이 소년시인은 시를 많이 읽지 않았을까 짐작해 본다. 스스로 관심 있는 분야를 찾아 읽고 또 쓰기를 즐겨하여 저절로 현재의 모습이 갖추어졌다면 앞으로가 더 기대되는 것은 당연한 일, '먼 훗날 우리 모두 어느 시대에도 만날 수 없었던 아주 특별한 시를 만나게 되지는 않을까?'하는 생각에 절로 흐뭇해진다.

자연을 노래하는 다음의 시에서 이를 충분이 예견할 수 있다.

민트 잎 한 장으로
물의 향을 바꾸고

민트 잎 한 장으로
방안의 향기를 바꾼다

민트 잎 같은
사람 한 명이
우리 사회를 바꾼다.

-「민트 잎」 전문-

동백꽃이
동강동강 떨어진다.

동백꽃이
한 잎 한 잎 떨어질 때마다

겨울이
하나씩, 하나씩 떨어진다.

겨울이
하나씩, 하나씩 떨어진 곳에서

또 하나의 봄이 생겨난다.

－「겨울의 단두대」전문－

이 두 편의 시는 자연 현상을 자신만의 시선으로 보아내고, 이를 구체적으로 형상화 시켜 의미를 담아내는데 성공하고 있다. 오로지 시와 가까이 하는 방법으로 시를 이해하고 완성해가고 있는 것이다.

수현군이 시를 대하며 청소년기를 아름답게 가꾸어 가는 일은 참으로 다행한 일이다. 자신을 다스리는 법을 찾지 못한 채 질풍노도의 길을 가는 청소년들이 많은 요즘이어서 더욱 그렇다. 모쪼록 스스로 찾아낸 소중한 삶의 한 방법이 세상을 밝게 하는데 큰 역할을 했으면 좋겠다. 누구의 권유도 없이 수십 편을 써왔다는 수현군에게 시는 세상을 보는 거울이고, 시는 수현군을 세상과 소통하게 하는 창문이라는 생각을 해 본다.
시는 수현이를 활짝 피우고, 수현이는 넓은 세상에 아름다운 시의 꽃밭을 일구어 낼 수 있었으면 하는 마음 한 가득이다.

머물지 않는 생각

발행일 2018년 12월 1일
지은이 이수현
펴낸곳 도서출판 곰단지
주 소 부산 연제구 과정로 347 (연산동) 3층
전 화 051) 634-1622
팩 스 070) 7610-7107
기획 · 편집 이화엽
디자인 이수미
표지그림 최지우
정 가 12,000원
ISBN 979-11-962180-1-0